IMPRIMERIE ARTISTIQUE
C. CHARDFOUR
RUE MILTON 8-10
PARIS

VENTE

Des 19 et 20 Janvier 1906

HOTEL DROUOT — SALLE N° 11

A 2 HEURES

OBJETS D'ART

et d'Ameublement

Anciens et de Style

TABLEAUX ANCIENS & MODERNES

Pastels, Aquarelles, Dessins

BRONZES D'ART & D'AMEUBLEMENT

Porcelaines, Faïences

DENTELLES - ÉVENTAILS - FOURRURES - OBJETS DE VITRINE

Tapisseries - Etoffes - Tapis d'Orient

Me F. LAIR-DUBREUIL, Commissaire-Priseur

M. Arthur BLOCHE, Expert près la Cour d'Appel

CATALOGUE

DES

OBJETS D'ART

ET D'AMEUBLEMENT

Anciens et de Style

TABLEAUX ANCIENS & MODERNES

Pastels, Aquarelles, Dessins

PAR

Allongé, Barillot, Briandet, Detaille (Charles) Dezaunay, Donzel
Gudin (Th.), Manzana, Wilder, etc., etc.

BRONZES D'ART ET D'AMEUBLEMENT

Porcelaines, Faïences

DENTELLES -- ÉVENTAILS -- FOURRURES

Objets de Vitrine

TAPISSERIES, ÉTOFFES, TAPIS D'ORIENT

DONT LA VENTE AURA LIEU

HOTEL DROUOT — SALLE N° 11

Les Vendredi 19 et Samedi 20 Janvier 1906, à 2 h.

Mᵉ F. LAIR-DUBREUIL	M. Arthur BLOCHE
COMMISSAIRE-PRISEUR	EXPERT PRÈS LA COUR D'APPEL
6, Rue de Hanovre, 6	51, Rue Saint-Georges, 51

EXPOSITION PUBLIQUE

Le Jeudi 18 Janvier 1906 de 2 heures à 6 heures

CONDITIONS DE LA VENTE

La vente sera faite expréssément au comptant.

Les acquéreurs paieront 10 0/0 en sus des adjudications

L'exposition mettant le public à même de se rendre compte de l'état des objets, il ne sera admis aucune réclamation une fois l'adjudication prononcée.

PARIS. — IMP. C. CHAUPOUR, 8 & 10, RUE MILTON

DESIGNATION

MEUBLES

ANCIENS ET DE STYLE

1 — Belle commode Louis XVI en bois de rose ornée de bronzes, ouvrant à deux vantaux et décorée de cinq panneaux en marqueterie de bois à paysages.

2 — Bureau Louis XV en bois de violette et marqueterie de bois satiné.

3 — Commode en bois naturel garnie de quatre tiroirs; entrées de serrures et poignées en bronze. Epoque Louis XIV.

4 — Meuble de salon en noyer sculpté à filets dorés style Louis XV, couvert en tapisserie d'Aubusson à fleurs, composé de : un canapé, deux fauteuils et quatre chaises.

5 — Meuble en marqueterie de bois Louis XVI ouvrant à deux vantaux décorés d'un trophée d'instruments de musique, ornements en bronze; dessus en marbre.

6 — Table à jeu en marqueterie de bois. Epoque Louis XVI.

7 — Table en noyer sur pieds à chapiteaux et ornements de bronze, patine brune.

8 — Table à jeu Louis XVI en acajou et cuivre.

9 — Bonheur du jour en bois de rose et de violette. Style Louis XVI.

10 — Table rectangulaire en bois sculpté à entrejambe.

11 — Meuble cabinet sur console en bois sculpté. Travail italien XVIIe siècle.

12 — Table à coiffer en marqueterie de bois. Travail hollandais.

13 — Encoignure en marqueterie de bois ouvrant à deux vantaux. Travail hollandais.

14 — Grande glace, cadre partie en bois sculpté et doré, partie en glace gravée, fronton à rinceaux. Travail italien du XVIIe siècle.

15 — Ameublement de salle à manger de style gothique italien en chêne sculpté composé de : un buffet crédence, une servante, une table carrée et ses allonges, une table desserte, une grande stalle. six fauteuils, six chaises et six petits tabourets de pieds.

16 — Ameublement de chambre à coucher composé d'un grand lit de milieu avec sommier, une armoire à glaces à trois portes garnies de glaces intérieurement, une table de nuit et une table de chevet, en bois sculpté peint en gris et rehaussé d'or par parties, ornés de médaillons genre Wedgwood. Style Louis XVI.

17 — Vitrine sur console en bois sculpté et doré couronnée par une lyre. Style Louis XVI.

18 — Console en bois sculpté et doré, dessus en marbre blanc rose veiné. Style Louis XVI.

19 — Paravent à quatre feuilles en bois sculpté et doré garni de soierie fond clair. Style Louis XVI.

20 — Bureau style Régence, en bois de violette et palissandre garni de bronzes.

21 — Table de salon en bois sculpté et doré aux armes de France ; dessus en marbre. Style Louis XIV.

22 — Psyche avec glace biseautée en bois sculpté et doré. Style Louis XVI.

23 — Bergère en bois sculpté, couverte en soierie. Style Louis XV.

24 — Grand meuble de salle à manger à deux corps isolés, côtés à niches supportées par des Triboulets en noyer sculpté. Style Renaissance.

25 — Desserte en bois de noyer sculpté de même style.

26 - Panetière en noyer sculpté de style Louis XVI.

27 — Buffet en chêne sculpté, le haut vitré, décoré de personnages du Nouveau-Testament.

28 — Buffet à deux corps en bois sculpté. Style ancien.

29 — Meuble à deux corps en bois sculpté. Époque Louis XVI.

30 -- Deux chaises à hauts dossiers en noyer sculpté, dessus vannerie.

31 — Table à coiffer de style Louis XVI en bois de rose et de violette, ornée de filets en marqueterie et de bronzes ciselés et dorés.

32 — Deux fauteuils et deux chaises en noyer sculpté, recouvertes de velours. Style Louis XIV.

33 — Petit canapé Louis XIII, couvert en velours vert antique.

34 — Fauteuil en bois noir style Henri II, garnis en drap rouge.

35 — Deux chaises légères bambou doré, garnies en soie.

36 — Grand support en bois sculpté.

37 — Glace biseautée, cadre guilloché en bois noir.

38 — Porte-habit laqué. Epoque Louis XVI.

39 — Rouet ancien.

40 — Petite glace médaillon, cadre en bois sculpté et doré, XVII' siècle.

41 — Prie-dieu gothique en bois sculpté décoré d'une peinture : Christ en croix.

42 — Lit d'enfant en bois sculpté laqué gris. Epoque Louis XVI.

43 — Deux boîtes à épices en bois sculpté. Travail provençal.

44 — Tabouret en bois sculpté à pieds tors.

BRONZES. MARBRES

PENDULES

45 — Pendule d'Epoque fin Louis XVI, formée de deux colonnes cannelées à chapiteaux dorés, supportant le cadran, couronné par un buste de femme en bronze; base en marbre et bronze.

46 — Petite pendule en marbre blanc et noir ornée de bronzes. Epoque Louis XVI.

47 — Quatre grands candélabres en bronze chinois surmontés de bouquets de fleurs à cinq lumières disposées pour l'électricité.

48 — Statue de négresse en bronze patine noire et or, supportant un vase pouvant former lampadaire. Socle cubique en bois noir et plaqués de marbre onyx.

49 — Grande pendule d'applique Louis XV, avec socle en bois de rose orné de bronzes ciselés et dorés.

50 — Paire de vases en porcelaine décor gros
bleu, monture en bronze ciselé et doré, anses
à mascarons drapés.

51 — Quatre appliques forme potences en fer
forgé.

52 — Garniture de cheminée en bronze doré:
pendule et deux candélabres à figures d'en-
fants. Style Louis XVI.

53 — Pendule en bronze doré représentant le
Char de l'amour. Premier Empire.

54 — Pendule en bronze doré avec figure de
femme, groupe en bronze : la Chasse au loup.

55 — Flambeau à une lumière en bronze ciselé
et doré préparé pour l'électricité, avec abat-
jour en soierie.

56 — Petite garniture de cheminée en bronze
ciselé et doré, modèle à colonnette cannelée,
composée d'une pendule et de deux flambeaux.
Style Louis XVI.

57 — Chimère en ancien bronze de la Chine.

58 — Paire de chenêts de style Louis XIII en bronze ciselé et doré, surmonté de boules à gaudrons.

59 — Suspension de salle à manger en bronze doré de style Louis XV à huit lumières.

60 — Petite pendule en bronze ciselé et doré. Style Louis XVI.

61 — Canard en bronze du Japon.

62 — Deux bas reliefs en bronze de J..P. MÈNE : Gibiers morts.

63 — Petit lustre flamand ancien en cuivre à six lumières.

64 — Lanterne d'antichambre à deux bougies.

65 — Paire d'appliques en cuivre. Epoque Louis XVI.

66 — Clochette en bronze ciselé.

67 — Statuette de divinité égyptienne en bronze.

68 — Trois paires de flambeaux Louis XVI.

69 — Paire d'appliques en bronze, garnies de cristaux. Style Louis XVI.

70 — Veilleuse en bronze. Epoque Premier Empire.

71 — Groupe en métal : l'Immortalité.

72 — Buste en marbre : Mercure.

73 — Buste en marbre : Aphrodite.

74-75 — Deux bustes de femmes drapées en marbre blanc ; socles en marbre vert.

76 — Statuette en marbre : David d'après MICHEL-ANGE.

77 — Bas-relief : La Marseillaise.

TABLEAUX

PASTELS, DESSINS, GRAVURES

78 — BARILLOT (L.). Vaches au bord d'un étang.

79 — BELIN. Jeunes femmes orientales portant une corbeille de fleurs. Aquarelle.

80 — BERTALL. Gugusse. Aquarelle.

81 — BRIANDET. Paysage boisé, animé de figures et d'animaux.

82 — BRUN (C.) Amour cueillant une rose.

83 — CLAIRIN (G.). Sujet humoristique. Aquarelle.

84 — DAVID (Louis). Le Petit savoyard. Dessin au crayon signé à gauche.

85 — DEBRAS (Louis). Natures mortes. Deux pendants.

86 — DEMARNE (D'après). Paysage.

87 — DETAILLE (Ch.). Cuirassier à cheval. Dessin.

88 — DEZANNAY. Jeune bretonne et son enfant assis près des pommiers.

89 — DONZEL (Ch.). Paysage traversé par une rivière.

90 — ECOLE ANCIENNE. Le Port.

91 — ECOLE ANCIENNE. La Flèche miraculeuse.

92 — ECOLE ANCIENNE. Paysage avec figure de cavalier.

93 — ECOLE ESPAGNOLE. Saint-François.

94 — ECOLE ESPAGNOLE. Le Peintre de la Madone.

95 — ECOLE FLAMANDE. Grenades, figues, pommes, ceps de vigne et fruits divers.

96 — ECOLE FLAMANDE. Sujet mythologique. Cadre en bois sculpté.

97 — ECOLE FRANÇAISE. Femme au manchon. Pastel.

89 — ECOLE FRANÇAISE. Portrait d'une dame de qualité. Pastel.

99 — ECOLE FRANÇAISE. Paysage avec maison et cours d'eau.

100 — ECOLE FRANÇAISE. Paysage avec figures de pêcheurs près d'une chûte d'eau.
Cadre Louis XVI, en bois sculpté et doré.

101 — ECOLE FRANÇAISE. Paysage. Le Pont.

102 — ECOLE FRANÇAISE. Portrait de femme.
Cadre ovale en bois sculpté.

103 — ECOLE FRANÇAISE. Allégorie au printemps. Trumeau.

104 — ECOLE FRANÇAISE. Portrait de femme Louis XV, en robe bleue.

105 — ECOLE FRANÇAISE. Tête de Napoléon Ier. Portrait de femme. Deux dessins.

106 — ECOLE HOLLANDAISE. Le Camp,

107 — ECOLE HOLLANDAISE Portraits d'homme et de femme.

108 — ECOLE HOLLANDAISE. Femme assise tenant un bouquet de fleurs de la main droite.

109 — ECOLE ITALIENNE. L'Amour désarmé. Cadre sculpté et doré.

110 — ECOLE ITALIENNE. Saint-Jean.

111 à 113 — ECOLE ITALIENNE. Sujets tirés de l'histoire sainte. Trois toiles.

114 – ECOLE ITALIENNE. Les Miracles du Christ. Tableaux ovales.

115 — ECOLE ITALIENNE. La Mise au tombeau.

116 -- ECOLE MODERNE. Clairière en forêt.

117 — ECOLE MODERNE. Le Départ pour la promenade.

118 — ECOLE MODERNE. Portrait d'homme vu de profil à gauche. Cadre ancien bois sculpté et doré.

119 — ECOLE MODERNE. Prunes et verre d'eau.

120 — ECOLE MODERNE. Portrait de femme.

121 — ECOLE MODERNE. Jeune femme blonde tenant des fleurs.

122 — ECOLE MODERNE. Moine mendiant.

123 — ECOLE MODERNE. Sujet biblique.

124 — FORCHANDT (Attribué à G.). L'apparition.

125 — GREGORESCU. Paysan des Balkans. Aquarelle.

126 — GUDIN (Théodore). Paysage au bord de la mer.

127 — JACQUET (G). Le Bal. Dessin à la plume.

128 — LENFANT DE METZ. — Le Petit Esculape.

129 — LÉRY (Jean. L'Eglise St-Augustin.

130 — MANZANA. Vieille barque sur un canal.

132 — MANZANA. Vue de Saint-Mamès, temps brumeux.

133 — MIGNARD (Attribué à). Portrait de femme en Madone.

133 — NEZIÈRES (De la). Chasse à courre. Aquarelle pour almanach.

134 — POUSSIN (École du). Paysage.

135 — SARREBOURCE (De). Jeune femme et l'amour.

136 — SPRANGER (attribué à). Le Jugement dernier.

137 — THIBAULT. Paysages avec figures et monuments. Deux dessins rehaussés d'aquarelle.

138 — VERNET (Joseph). Navire à l'ancre. Paysage marine.

139 — VERNET (Attribué à Joseph). Les Naufragés, paysage maritime.

140 — VIDAL. Roses et fleurs diverses, signé L. Vidal F.

141 — ZUBER-BUHLER. La Rixe ; grand dessin.

142 — WAGNER. Tête du Christ.

143 — WILDER. La Meuse, gros temps.

144 — Gravure à l'eau-forte : Caniche, d'après Boullot.

145 — Gravure d'après Baugniet : Portrait de Dantan jeune.

146 — Six gravures diverses en noir et en couleur.

147 — Dessin : Têtes.

148 — Gravure : Caravane dans la plaine de Jéricho. Photogravure : Charge de cuirassiers.

149 — Pièce en couleur par H. Rivière : Paysage avec figure et animaux.

150 — Deux gravures : Le baiser maternel, la Prière du matin.

151 — Deux gravures : La mort de l'Ermite ; Contentement passe richesse.

152 — Deux gravures encadrées : Louis XVI et le Roi de Rome.

PORCELAINES, FAIENCES

153 — Groupe en ancien biscuit : Amour et Psyché.

154 — Paire de potiches en ancienne porcelaine du Japon.

155 — Grande coupe à couvercle en porcelaine du Japon à décor polychrome, réserves de fleurs et d'oiseaux, monture en bronze doré.

156 — Six assiettes en vieux Chine compagnie des Indes ; décor en camaieu violet.

157 — Plat en faïence à reflets métalliques, ombilic à rosace.

158 — Groupe en pierre de lard.

159 — Groupe de deux chinois en porcelaine.

160 — Vase en vieux Delft et petit pot en porcelaine de l'Inde.

161 — Deux jardinières en ancienne faïence de Saint-Clément.

162 — Soupière en ancienne faïence de Niederwiller.

163 — Petit service à thé en porcelaine à la Reine.

164 — Groupe en biscuit : La petite marraine.

165 — Trois statuettes : Biscuit et porcelaine.

166 — Petit livre en ancienne faïence.

167 — Service à café en faïence de Pierrefonds, décor d'après Callot.

168 — Six tasses à déjeuner en faïence de Pierrefonds, décor d'après Callot.

169 — Quatre aiguières avec plateaux en même faïence.

170 — Deux cache-pots en même faïence.

171 — Théière en faïence de Delft, décor chinois en polychrome.

172 — Deux tasses avec soucoupes en porcelaine de la Courtille, décor à fleurs.

173 — Tasse et soucoupe en porcelaine de Nast décor barbeau ; tasse et soucoupe porcelaine blanche et or.

174 — Petit pot à couvercle en porcelaine de Chantilly ; deux tasses une soucoupe en porcelaine de Chine.

175 — Deux petites assiettes en faïence blanche, une soucoupe porcelaine à fleurs, un petit pot en faïence décor vert à fleurs.

176 — Plat ovale en faïence genre de Palissy.

177 — Buire en grès flamand.

178 — Vase en porcelaine blanche anglaise.

DENTELLES, FOURRURES
ÉVENTAILS

179 — Coupe en ancien point d'Alençon : long. : 5m80 ; haut. : 0m06.

180 — Grande barbe en ancien point d'Alençon : long. : 1^m45 et deux bouts de manches en même point.

181 — Coupe en vieux point d'Alençon mesurant 1^m70.

182 — Coupe en vieux point d'Alençon mesurant 1^m30.

183 — Coupe en vieux point d'Alençon mesurant 3 mètres.

184 — Col en vieux point d'Alençon.

185 — Col et petite coupe en point d'Angleterre.

186 — Voilette en application.

187 — Volant en application. Long. : 3 m. 75 ; haut. : 0 m. 30.

188 — Volant en application. Long. : 3 m. 90 ; haut. : 0 m. 30.

189 — Grand col, barbe et petit col en Chantilly.

190 — Deux volants de guipure noire mesurant
ensemble 8 m. 35.

191 — Neuf pièces en hermine . Palatine, collet,
bandes, col et bouts de manches.

192 — Manchon en hermine.

193 — Eventail d'époque Louis XVI ; monture en
ivoire, parties dorées ; feuille en soie ornée de
trois gouaches : la Cueillette des cerises, Ber-
ger et Bergère.

194 — Eventail d'époque Louis XVI. Monture en
ivoire incrustée ; feuille en soie décorée de
peintures à sujet galant et attributs.

195 — Evantail monture ancienne.

196 — Eventail monture en nacre ajourée feuille
en dentelle décorée d'une peinture.

196 bis — Cinq Volants en application (sera
divisé)

OBJETS DE VITRINE

OBJETS VARIÉS

197 — Médaillon en or au chiffre AEI et inscription : « Amour éternel inoubliable » en rubis, émeraudes et roses.

198 — Chatelaine Louis XV en or ciselé et repoussé.

199 — Souvenir en nacre orné de plaquettes en or découpé, dans son écrin.

200 — Etui en écaille sculptée, travail chinois.

201 — Crochet de chatelaine en argent émaillé et porte-plume en corail.

202 — Sept pièces : carnet de bal, étui en ivoire, porte-aiguilles, éteignoir, deux miniatures et petite console marbre.

203 — Etui en écaille blonde piquée d'or Louis |XVI.

204 — Deux boutons d'oreilles en roses anciennes.

205 — Nécessaire de voyage dans une boîte en thuya.

206 — Boîte plate et lobée en émail chinois.

207 — Boîte carrée en émail. XVIIIe siècle.

208 — Deux brûle-parfums en émail chinois.

209 — Boîte Louis XV laquée.

210 — Sablier en bois sculpté et doré. Epoque Renaissance.

211 — Couronne en bois doré. Premier Empire.

212 — Presse-papiers en marbre, petite lorgnette, vase et cadre en cuivre.

213 — Coffret à dentelles en velours brodé et galonné.

214 — Fusil à long canon, crosse plaquée d'ornements en argent découpé. XVIIe siècle.

215 — Fusil ancien garniture en cuivre.

216 — Deux paires de pistolets.

217 — Casque, cuirasse et épaulettes d'officier de cuirassiers

218 — Un pistolet d'arçon ancien, deux petits pistolets anglais.

TAPISSERIES, ETOFFES

TAPIS D'ORIENT

219 — Panneau en tapisserie à sujet de chasse. Epoque Renaissance.

220 — Bandeau en ancienne tapisserie à décor de fruits.

221 — Gilet en drap d'or brodé Louis XV.

222 — Couvre lit **en satin** crème brodé de rinceaux, de fleurs et d'ornements en soies de couleur. XVIIIe siècle.

223 — Couvre lit en ancienne soie brochée fond crème, bordure en peluche.

224 — Tapis de table en ancienne broderie de soie et fils métalliques sur fond crème, bordure à franges.

225 — Panneau en toile peinte : Agar et Eliezer.

226 — Quatre portières de Karamanie.

227 — Cinq coussins en tapis d'Orient.

228 — Quatre sacs à ânes en tapis d'Orient.

229 — Un coussin en étoffe bulgare.

230-231 — Deux tapis d'Orient.

232 — Objets omis.

RED. :

16

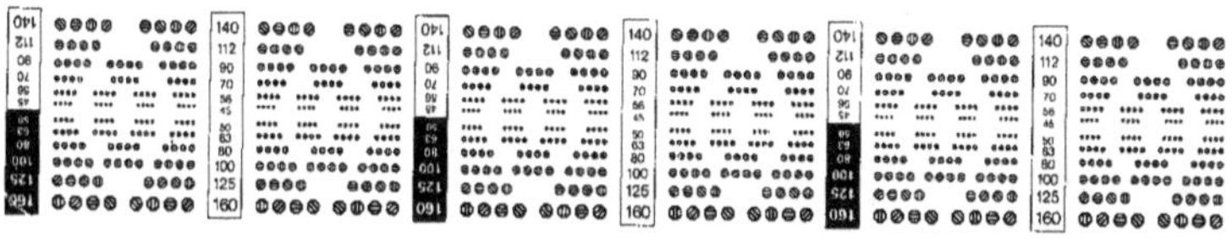

379.89.70
graphicom

BIBLIOTHEQUE
NATIONALE
DE FRANCE

****

CHATEAU
DE
SABLE
1996